거실 캠핑

그림 황종욱

부산공예고등학교와 동아대학교에서 미술을 공부하고,
어린이책을 만드는 회사에서 일하면서 그림책에 그림을 그리기 시작했습니다.
많은 아이들이 그림책 속에서 뛰어놀 수 있는 마법 같은 그림책을 만드는 게 꿈이랍니다.
그린 책으로는 〈눈꽃나무〉, 〈우리는 특별한 재주가 있어요〉 등이 있습니다.

거실 캠핑

글 고상한 그림책 연구소 **그림** 황종욱

상상의집

"이번엔 꼭 가기로 약속했잖아."

아연이와 주원이의 입이 툭 튀어나왔어요.

"급한 일이 생겼는걸, 어쩌니."

아빠가 어깨를 으쓱했어요.

잔뜩 기대했던 만큼 무척 허탈했어요.
“치. 이런 게 어디 있어?”
실망한 주원이가 캠핑 도구를 발로 뻥 찼어요.
누나 아연이도 이만저만 속상한 게 아니었어요.

아침부터 듣기 시작한 비가

갑자기 거세졌어요.

"괜찮아?"

아연이가 주원이를 달랬어요.

6
16
5
15
4
14
3
13
2
12
1
11

주원이는 짐 가방을 뒤적거렸어요.

그러더니 텐트를 꺼내 들었어요.

아연이는 거실에 펼쳐진
텐트를 보고 깜짝 놀랐어요.

텐트 안에 있으니 꼭 캠핑 온 것 같아요.
"여기서 수박 먹으면 맛있겠다!"
아연이가 말했어요.

“응! 누나, 우리 텐트 안에서 놀자.”

“수박 가져올게!”

아연이가 텐트 지퍼를 열자
거실은 온데간데없고
초록색 풀밭이 펼쳐지지 뭐예요?

여름 햇볕이 쨍쨍 내리쬐어요.

"맴맴 찌르르르."

요란한 매미 소리가 들렸어요.

수박밭 가운데 원두막이 보여요.

“멀리 날려 보내는 사람이 이기는 거야.”

아연이와 주원이는 원두막에 앉아

수박씨 멀리 뱉기를 했어요.

해가 기울자 더위가 한풀 꺾였어요.
주원이는 원두막에서 꾸벅꾸벅 졸았지요.
"에에에엥!"
그때 모기 한 마리가 귓가에 맴돌았어요.

"에이, 귀찮아. 요놈의 모기."

모기는 쉽게 잡히지 않았어요.

짝!

박수 소리에 졸던 주원이가 깨어났지요.

“맴맴.”

“찌르르르.”

“따악따악.”

“쏴아쏴아.”

여름 숲에는 온갖 벌레 소리가 가득해요.

“어? 이게 뭐지?”

빗방울이 한두 방울 떨어졌어요.

“비가 오려나 봐. 얼른 돌아가자.”

빗줄기가 점점 굵어졌어요.

둘은 소나기를 피해 달리기 시작했어요.

아무리 달려도 텐트가 보이지 않아요.

“누나, 저기!”

반딧불이가 날아다니는 길 끝에 불빛이 보였어요.

아연이와 주원이는

얼른 텐트 안으로 들어갔어요.

조금씩 어둠이 쌓였어요.

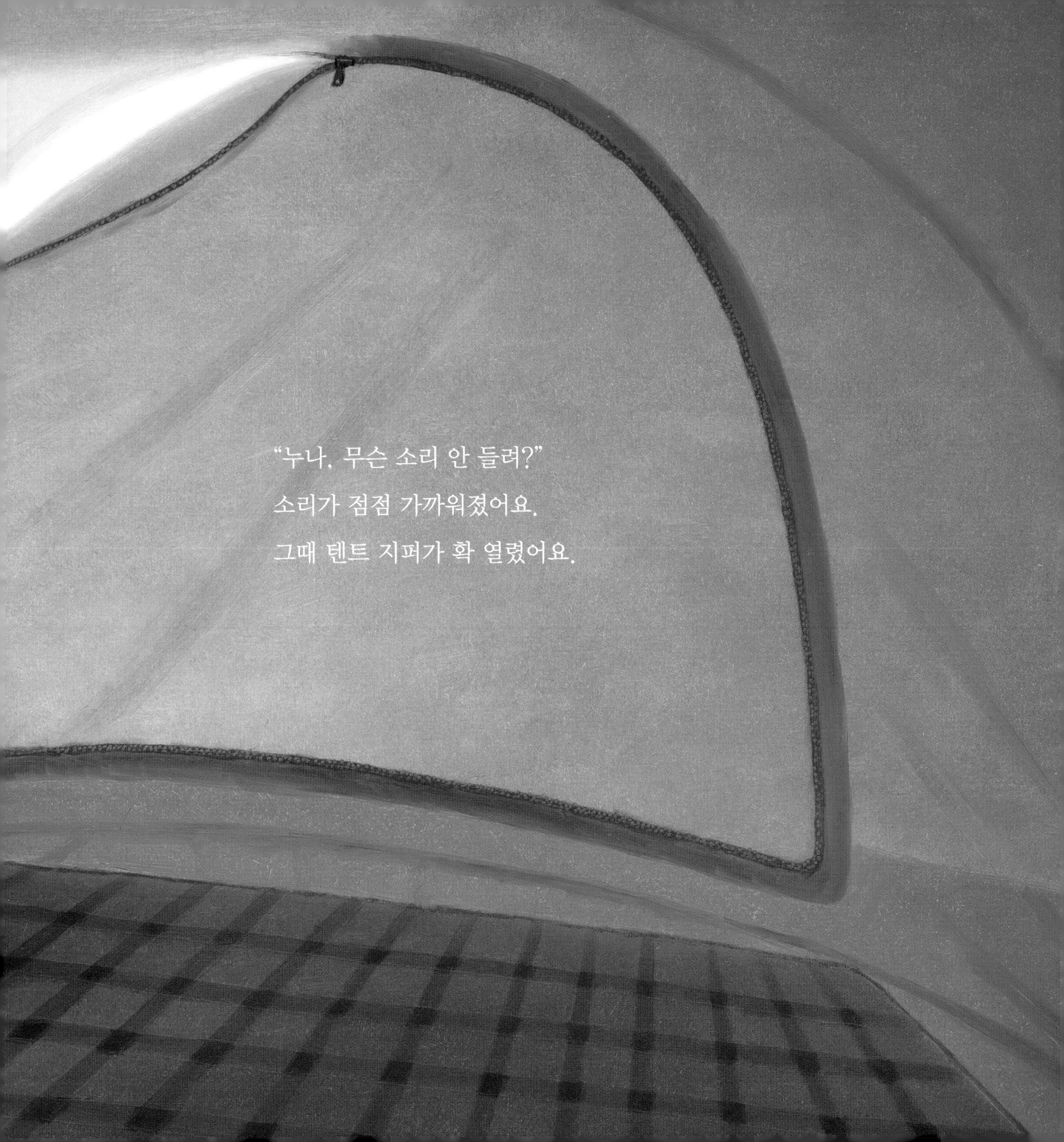

"누나, 무슨 소리 안 들려?"

소리가 점점 가까워졌어요.

그때 텐트 지퍼가 확 열렸어요.

“아연아, 주원아.”

엄마 아빠였어요.

온 가족이 함께 거실 캠핑을 시작해요.

생각 톡

★ 여름이 되었어요

'여름' 하면 무엇이 떠오르나요? 햇볕이 내리쬐어 뜨거운 날씨와 산이나 바다로 놀러갔던 일이 떠오르지요? 여름이 되면 많은 것들이 바뀌지요. 주변을 둘러보며 여름이 되어 달라진 모습들을 찾아보세요. 짙푸른 잎이 나무에 가득하고, 매미 소리가 들려요. 날씨가 덥기 때문에 창문을 활짝 열어 놓은 집들이 많아지지요. 양산이나 선글라스를 쓴 사람들이 가벼운 옷차림으로 거리를 오가요. 여름 풍경을 떠올리고 여름에 할 수 있는 다양한 체험을 계획해 봐요.

★ 여름 날씨

여름의 날씨는 봄과 비교해서 어떻게 다를까요? 봄에는 따뜻하지만 여름에는 매우 덥지요. 여름 날씨는 햇볕이 강해서 매우 무덥게 느껴져요. 습도가 높아서 더운 느낌이 더해지지요. 이런 여름 날씨 때문에 불쾌지수가 높아져서 쉽게 짜증이 나기도 해요. 갑자기 많은 비가 내리기도 하고, 태풍이 불어올 때도 있지요. 여름 날씨에 대해 좀 더 알아볼까요?

소나기 여름철에 갑자기 세차게 내리다가 곧 그치는 비예요. 외출할 때는 우산을 미리 준비해 두면 좋지요. 소나기가 내릴 때 바람이 세게 불거나 천둥이 치기도 해요.

장마 여름철에 여러 날 동안 계속 비가 오는 날씨를 장마라고 해요. 덥고 습기가 많은 날이 계속되지요. 비옷을 입거나 장화를 신은 사람들을 많이 볼 수 있어요.

무더위 장마가 끝나고 나면 맑고 강한 햇볕이 내리쬐는 날이 계속되지요. 온도가 높은 날 바깥에 너무 오래 있으면 일사병에 걸리기 쉬우니 조심해야 해요.

홍수 짧은 시간 동안 좁은 지역에 많은 비가 내리는 것을 집중 호우라고 해요. 갑자기 비가 많이 와 산사태가 나거나 물이 넘치는 것을 홍수라고 하지요.

태풍 태풍이 오면 매우 강한 바람과 강한 비가 내려요. 집이 무너지거나 간판이 날아가기도 해요. 태풍이 올라온다는 일기 예보를 들으면 피해에 미리 대비해야 한답니다.

★ 옛날과 오늘날의 여름 풍경

해마다 여름이 돌아오지만, 옛날과 오늘날의 여름 풍경은 사뭇 달라졌어요. 옛날 사진들을 보면서 옛날과 오늘날의 여름 풍경을 비교해 보세요. 예나 지금이나 여름에는 짧은 옷을 입고 수박을 즐겨 먹으며 부채로 더위를 쫓곤 하지요. 하지만 예전에는 부채밖에 없었다면, 요즘에는 선풍기나 에어컨을 더 많이 사용해요. 시냇물에서 물놀이를 하던 옛날과 달리 오늘날에는 수영장에서 물놀이를 하지요. 미래에는 여름 풍경이 또 어떻게 바뀔까요?

★ 여름에 만나는 곤충들

여름에는 여러 곤충들을 만날 수 있어요. 곤충은 벌레들 중에서 몸이 머리, 가슴, 배로 나뉘어져 있고, 다리가 6개인 것을 말해요. 다리가 8개인 거미나 다리가 아주 많은 지네, 또 다리가 없는 지렁이나 달팽이는 곤충이 아니에요. 숲이나 들에서는 잠자리, 노린재, 반딧불이, 무당벌레, 나비, 매미 등이 살지요. 물가나 물속에서는 물방개, 소금쟁이, 하루살이, 장구애비, 물땅땅이 등이 살아요. 여름 곤충을 좀 더 알아볼까요?

노린재

노린재 기다랗게 생기고 납작한 몸을 가졌어요. 식물의 즙을 빨아 먹으며 살아요.

무당벌레 여러 개의 화려한 점과 무늬가 있는 날개를 갖고 있지요.

무당벌레

반딧불이 꽁무니에서 반짝이는 불빛을 내요.

반딧불이

매미 종류에 따라서 소리가 달라요. 수컷만 소리를 낸답니다.

매미

사슴벌레 뿔처럼 생긴 커다란 턱을 갖고 있어요.

사슴벌레

잠자리 가늘고 긴 몸, 툭 튀어나온 눈을 가졌지요.

나비 곤봉 모양의 더듬이가 있고 내려앉을 때 날개를 접어요.
날개를 펴고 앉으면 나방이에요.

나비

소금쟁이 물 위를 떠다니는 곤충이에요.

잠자리

소금쟁이

★ 여름철 건강 지키기

차가운 음식 먹지 않기 여름에는 더운 날씨 때문에 차가운 과일이나 음료를 많이 찾게 돼요. 하지만 찬 음식을 많이 먹으면 배탈이 나기 쉬워요. 찬 음식 대신 물을 충분히 마셔 보아요. 더위도 한결 나아질 거예요.

강한 햇볕 주의하기 여름에는 햇볕이 따가워요. 뜨거운 햇볕에서 오랫동안 뛰어놀면 피부가 빨갛게 달아오르고 따끔거리기도 하지요. 외출을 할 때는 모자를 쓰고, 자외선 차단제를 발라요. 너무 무덥고 뜨거운 날에는 시원한 곳에서 쉬고, 물이나 이온 음료를 마셔요.

에어컨 바람 오래 쐬지 않기 에어컨을 낮은 온도로 사용하면 머리가 아프고, 감기에 걸리기도 해요. 이와 같이 안과 밖의 온도 차이가 많이 나면 냉방병에 걸리기 쉬워요. 건강하게 에어컨을 사용하려면 바깥 온도보다 5도 정도 낮은 온도로 사용하고, 2~4시간마다 환기해야 해요.

해충 조심하기 우리에게 해를 끼칠 수 있는 동물을 해충이라고 해요. 여름에 야외 활동을 하다 보면 모기나 벌, 진드기 등에 물리고 쏘여서 다치는 경우가 있어요. 나들이를 갈 때는 모기향을 피우거나 해충 기피 팔찌를 해요. 숲에 갈 때는 긴팔을 입고 가는 것이 좋아요.

거실 캠핑

글 고상한 그림책 연구소 | **그림** 황종욱
펴낸날 2022년 2월 15일 개정판 1쇄
펴낸이 김상수 | **기획 · 편집** 이성령, 권정화, 조유진 | **디자인** 문정선, 조은영 | **영업 · 마케팅** 황형석, 임혜은
펴낸곳 루크하우스 | **주소** 서울시 서초구 사임당로 50 해양빌딩 504호 | **전화** 02)468-5057 | **팩스** 02)468-5051
출판등록 2010년 12월 15일 제2010-59호

www.lukhouse.com
cafe.naver.com/lukhouse

ISBN 979-11-5568-500-6 64800
ISBN 979-11-5568-496-2 (세트)

※ 잘못된 책은 구입처에서 바꾸어 드립니다.
※ 값은 뒤표지에 있습니다.

상상의집